寸言力《すんげんりょく》

外山滋比古

本阿弥書店

寸言力＊目次

装幀　渡邉聡司

寸言力

外山滋比古

日暮れて道遠し

芸術は長く人生は短し。仕事は短く寿命は長い。日暮れて道遠し。

遠くの山はおしなべて青いが、近くで見れば山さまざま、ひと色ではない。

借りものを返すのはすぐ忘れるが、貸したものはいつまでも覚えている。

頭のいい人は心貧しく、心のやさしきものはめったに大成しない。

無知ほど始末の悪いものはないが、何でも知っているバカよりはいい。

近くのときいやな奴だったのが遠くへ行ってなつかしくなる。

友情にも賞味期限がある。古くなったら捨てるか、買いかえる。

満点の答案はどれも同じだが、八十点の答案は個性的に違っている。

耳が遠くなると、いい事はきこえず、きこえるのは、いやなことばかり。

なにごともよくわからぬうちが花、わかってしまえばもうおしまい。

患者をホメルのは名医であり、生徒のかくれた力を引き出すのが良師。

イヌはだんだん飼い主に似てくるが、人間ほど下品にはなかなかなれない。

病気が治る時の喜びを健康な人は知らない。病人も知らない。

目をさまし、生きていてよかった、と思う喜びを繰返して人は老いる。

金持ちは金にしばられ、学者は知にはまり、詩人はことばに目がくらむ。

悲しみは年とともに衰えるが、喜びはほとんど年をとらないで元気である。

おもしろいのは遠くてかかわりのないこと。日記は本人にはつまらない。

相手を怖れる弱虫ほど大声でわめく。強いイヌは黙ってガブリ。

ひとの不幸を喜ばない人間は神に近い。自慢を自制するのも神業。

自分をえらいと思っている自覚のないバカほど始末に困るものはない。

よくはたらく人は時を知らないが、ひまな人ほど休みたがる。

下心なしにひとをホメられるようになったらそろそろ終りか。

自己顕示癖の強い人は多くの人に迷惑をかけて三途の川を渡る。

動く小さなものに気をとられ、じっとしている大物が目に入らない。

こわいものがないほどこわいことはない。こわくないものにしてやられる。

おもしろくないことがあるからこそ生きていかれる。なければ退屈で死にたくなる。

自分よりすぐれた人間がいるということを知るのは早ければ早いほどよい。

他人を叱っていないと不安になる人はひとからほめられないと世の中が悪いという。

強かったのから早く死んでいき、病気のかたまりだった
のが生きのこる。

サルが感心する。人間ほど平和な動物はいない。直前を
横切られても怒らない。

自由を求めるにはどうしても敵が要る。ないとその刃が自分に向う。

朝は金の時間、昼飯、夕食前は銀、夜は石の時間、勉強すると石頭になる。

〝あれよりはマシ〟と思える人がいてくれないと、この世は闇だ。

離れているからこそ親友。共に旅行して友情の深まることは少ない。

自分七分、他人三分に考えられたら達人で、常人は九分九厘まで自己愛。

期待はつねに裏切るが、どこに福の神がいるかと考えて生きる。

ひと中にあれば淋しく独りでにぎやかになる。おもしろいのは夢の中。

手袋をはめてはロクなことは出来ない。大事なことは素手に限る。

カネはカネ、モノはモノ、心は心で返せ。手紙の返事に電話はいけない。

悪人にも仏心がある。善人はひそかに悪い思いに苦しみストレスを増す。

普通の人になりたいなどと言うのは普通ではない。みんなエラくなりたがる。

失意の人はものを言えないが、得意になると自慢せずにいられない。

服装で革新的なのは女性、男は保守的で目立たぬことを
願う。

初詣、みんなでするから張り合いがある。長い列で待つ
のがありがたい。

政治を動かすのは金。税金を払わない人間は金の代りに大声を出す。

温い部屋におくと果物はくさりやすい。ぜいたくな人間ほど早く衰える。

こどもが可愛かったらヒドイ目を。ダメにしたければネコ可愛がり。

へたに本を読むなと諭すショーペンハウエルを読む心のやすらぎ。

ネコがかわいいのはモノを言わないから、花が美しいのは動かないから。

人は自分のことのみ考えて生きる。ほかの人のことを考え出したら終わりが近い。

友は愚人に限る

軽蔑する他人がいないと、自分を軽蔑して自滅する。友は愚人に限る。

ペンは剣より強し。されど世間の風で曲がり欲にはたらいて折れる。

人はみな天才的で生まれる。能力をすりへらさないのだけが天才になる。

経済学は倫理学から破門されて生まれた。経済人に善人がすくないわけ。

批評家はひとのアラをさがし手前味噌でこねまわして放屁あるのみ。

生まれたときはみな天才的。まわりがよってたかっていじめ凡才にする。

なにもしないし、できもしないが、ケチをつけるのだけはうまい人が多い。

座っているのより立っている乗客の方がいい人のように思われる。

警官だって、教師だって人の子。ときには人並みの悪い
ことがしたい。

肩書きの重い人は肩書きがとれると、とたんにふらつき
よろめく。

自慢ほど楽しいものはないが、ひとの自慢話ほどつまらぬものはない。

同じカネをとるのにも、税務署は病院よりははるかにあたたかい。

いやなことはすぐ忘れ、どうでもいいことを覚えている
のがよい頭。

〝この野郎――〟と思っても、にこやかに〝そうネ〟と言
えるのが年の功。

都会は田舎をなつかしがるが、田舎は都市をあこがれなくなった。

景気が悪くなると賽銭がふえる。景気が良ければまたふえる。いいな。

あとで待つ人がいるのに長々とお化粧を直す洗面所の顔の美しさ。

失敗が成功の基であるなら、成功は失敗への一里塚、油断は大敵。

講演の恥はかきすてやすいが、知った顔があるとかきにくくなる。

詩人「教師はウソばかり教える」教師「詩人はウソばかりついている」

世のため人のためにに働くことをしないのは、自分のためにも働かない。

思うと考えるの区別もつかないで、学者だと思っているバカがいる。

非常なとき非常な力が出る。平穏無事では力をふるうきっかけもない。

川の魚は流れに逆らって泳ぐ。えらくなりたい人間は流れに乗る。

タブーがないと人は生きられない。なければ新しくこしらえる。

人はみな威張る。どれだけそれを隠すかで、その人の器量がきまる。

ケンカすると元気が出る。生きているのが厭になったら
ケンカするに限る。

好ましい人といやな人、少々。あとはあってもなくても
いい手合いばかり。

わが子は落ちこぼれにしておいてひとの子を育てるお人好しの先生。

古来を喜ぶもの、本来をないがしろにして未来を考えず身をほろぼす。

賞味期限の切れた過去が歴史になるのだから、どうして
もウソの味つけがある。

近くの友はときにうとましいが、遠方の友はめったに来
ないから安全。

かんたんに手に入るものはくだらない。手にあまるものは無視する。

もらった道具は役に立たない。もらった本がおもしろいことなし。

医者は敬遠、クスリはのむな。ピンピンコロリ、これ至福なり。

人みな欲で生きる。芝居のうまいのは世を欺き、善人面をする。

ラグビーは試合終了でノー・サイド。人も墓場へ行けば
ノー・サイド。

古い友人、役に立ちそうなときだけ思い出し、またすぐ
忘れる。

赤ん坊をかわいくした神様もウッカリ、うるさい声を与えてしまった。

とりあえず列の尻尾にならんでおいて、「これ、何の列ですか」。

自分のよいところを見せたがる人はひとのアラを見つけるのがうまい。

失敗のあと成功が来るとは限らないが、成功のあとには失敗が多い。

元気はひとのいのちのモト。人からもらってはいけない。
自分で出す。

ほめてくれる人は少ないが、それだけが人生の味方、いかにもさびしいが。

悩みに苦しんでいるという人はしばしば悩みとたわむれている。

気にすれば何でも問題になるが、知らぬが仏、忘れるが勝、が長生の知恵。

教師は出来のわるい子をホメることを知らない。ホメればブタも木にのぼる。

何事もないのがいちばんの幸福。つらいことがあって当り前、好運を怖れよ。

ホメ殺しの手がある。ホメられると人は弱くなり、バカになりやすい。

育ちのよいのはダマされやすく、育ちの悪いのが人をひっかける。

人は熟すと堅くて渋い

柿は青いうちは渋く、うれると甘く軟くなるが、人は熟すと堅くて渋い。

ひとの保証人になるのは危ない。自分の保証をしてくれる人があるのか。

普通の生活をしていないエライ人に普通の人をリードする資格なし。

自分の事ばかり考える政治家の多い国は外国から思うようにされる。

むさぼり読む読書家のネコは、うっかりネズミをとることを忘れる。

流行につられて志望、就職をきめる。流行は短く悔いの人生は長い。

あの世へもっていける金はない。そう言えばもっていかれるものはなにもない。

自慢ばなし、泣きごとほどいやなものはないが、陰口をきくよりましか。

本を読まないとバカになる。読みすぎてもバカになる。
本はバカの薬。

心悲しむと体も痛む。元気が出るのは思いがけないよい
知らせ。

しくじったら諦める。あきらめたら忘れる。明日がある
じゃないか。

都合の悪いことはじき忘れるが、得になることは死んで
も覚えている。

こどもは大人の親である。親は子に教えられて、すこしだけ賢くなる。

いちばん好きなものはケイタイ、人のかげ口、買い食いがそれにつぐ。

淋しい人ほどよくしゃべり、すこし足りないのが大声でわめき、賢者は居眠る。

失言は千里を走るが、至言の多くはその場で消えてなくなる。唇寒し。

他人の思惑、評判を気にするとノイローゼになる。人間万事忘れるが勝。

常識にしばられる俗物。非常識を誇る変人、知識をひけらかすトンマ。

金をもらうより出す方がえらい。税金で食ってるもの共、頭《ず》が高い。

同年配の人が亡くなると、ふしぎな元気がわいてくる凡人の浅ましさ。

席をゆずられればいい気持。ゆずられて断わればもっと
気持がいい。

のびのび育てるのをモットーにした子育てがダメ人間の
養成元。

欲がなくては生きられないが、野放しにすれば人を食いつぶす。

これでも自分は相当なもんだと思わなければ人生八十年とても生きられない。

うるさい機械も進化して静かになるが、うるさい人間は
いつまでも静かにならない。

失敗を常と思えば憂いなし。負けるをこわがればこの世
はつねにこれ地獄。

文章をやさしく書くのはやさしくない。きれいに見える
ものはとかく味劣る。

尊敬する人には近づいてはいけない。遠くで美しかった
ものは消えやすい。

乗りものが静かに走るようになるのに反比例、乗ってるのがうるさい。

親を長生きさせたかったら、死んでも死にきれない心配をかけるに限る。

エスカレーターのる人、階段のぼる人、道歩く人、道なきを行く人。

みんなですれば悪事もなんのその。善いこともひとりではこわい。

暴れん坊、叱られたくていたずらをする。叱られ足らぬと非行を拡大。

頼みもしない親切ほど厄介なものはない。迷惑でも断わることができぬ。

病気になると、近くの人がどんどん遠くへ行ってしまうような気がする。

自分に都合のいい人はすべて善人、気に入らぬのは悪人ときめれば天下はまさに泰平。

受けた恩はすぐ忘れるくせに、恨み、憎しみは死んでも
忘れない。

年々歳々、花同じく、などと言ってもらいたくない今年
の桜。

たのしみは苦しいことをひとときを忘れさせる麻酔薬、あとまたすぐ痛む。

ヒトは三つの時間をもって生きる。腹時計、ココロ時間、そして時計の時間。

仕合わせは感じられないが、痛みや苦しみは忘れることがむずかしい。

人間はみな自分のことしか考えないらしい。親子、夫婦、親友、みなしかりか。

怠けていてはいけない。見よ、心臓は何十年も黙々と休むことなくはたらく。

天災も気が短くなって、忘れられないうちにやってくる近ごろ。

人生にもデザートというのがあるんでしょうね、とシェフの心配する老後。

たいていの人間がひとの不幸を食って生きている。不幸が品切れると生きられないか心配。

ことばは叱られて覚える。叱る人がすくなくなって乱れに乱れる。

苦しくとも自力更生、ひとの助けを当てにしないのが真の勇者。

ひとのアラは小さくても見のがさないが自分の非は棚に上げっぱなし。

この世にカネというものなかりせば、ひとみな神、仏のごとくならん。

人語はきれいごとばかり

人の言えないことを代って告げる天の声。人語はきれいごとばかり。

ハダカで生まれハダカで死ぬとわかっていながら人みな欲のかたまりになる。

金もうけほど面白い仕事はない。夢中になって死ぬことも忘れそう。

古い写真は時の流れに洗われて色あせて見えるが、ほのぼのと美しい。

人間年をとると口うるさくなるが、幸いしゃべることを
忘れるから静か。

一寸先は闇でも明日には明日の風が吹くからのんきに生
きていかれる。

巧言令色すくなし仁。悪人は正直だが、善人は心にもないことを口にする。

無理を頼んできいてもらえないと相手をボロクソに言う人格者がいる。

少年老いやすく学なりがたし。老人は老いにくく仕事の方が先に死ぬ。

この世でいちばん始末の悪いのは、それとも知らず威張りちらすえらい人。

人はよいことをしながら悪を思い、悪事をしながら天国をあこがれる。

チヤホヤされていると、世の中をひっくり返す予言をしてみたくなる。

こどもの先生をケナしていい気になる親バカが教育を論ずるあほらしさ。

かすんだ老眼でもひとの心はよく見える。悪意ならもっとよくわかる。

お互い自分がいちばんかわいい。自分さえよければ、世の中どうなっても平気。

失敗、挫折はかけがえのない貯金、ゆくゆくそれで成功も買える。

子を思う親心が百ならば、親を思う子心はせいぜい五十どまりとか。

いいことがあっても、こじらせた風邪を吹っ飛ばしてはくれないこの浮世。

昔は小さくなっていた弱虫、大きな顔をする三十年後の同窓会。

天災は忘れたころやってくる——とは限らない。立てつづけの天災もある。

欲の深いのは困るが、もっともらしい理屈で欲をかくすのはもっと始末が悪い。

借り手は返すときのことを考えず、貸手は返る日のことばかり考える。

スランプのあとの高揚感、エリートはそれを知らないから、いつもユウウツ。

「なぜカラスはみんなまっ黒なの？」「平等、差別しないんだ」

弱いイヌほどよくほえる。人間は欲深ほどよくわめく。
賢者は不言、人をひきつける。

都鳥、都が引越したため、名実を失ない、淋しく飛ぶばかり。

ひろげるより片付けるのが難しい。使ったものは必ずもとへ戻すこと。

人が勲章をもらうのはすこしもおもしろくない。祝電を打ってそれをごまかす。

試験に落ちれば人は強くなる。何度も失敗すれば悟がひらける。

幸福は感じられないが不幸はつらい。不幸から抜け出すときの幸福感がすばらしい。

美人は薄命、才子は多病がよい。健康優良のタレント、どこか欠けている感じ。

不幸も売りものにするやから、いよいよ多くますます不幸を招く。

年をとると、世の中がだんだん小さくなる。新しく友をつくるのが上知。

善人もときには悪人になるが、悪人はめったに善人にならない。

朝悪くても、昼がある。昼がダメでも夜がある。人間いたる所青山ありという。

めいめいの覚悟と才覚で迎える人生の冬将軍、何とか風邪くらいでかわせないか。

人生サバイバル競走。へたに生きるよりカッコよく消えるが分別。

自分の都合のわるい人間はみんな悪人だときめる虫ケラの見識。

カネも名も何もいらないという名人が竹馬の友からは一言ほめられたい。

ハラの立ったときに飲む酒は案外にうまく、ヤケ酒は我を忘れるばかり。

同年者がバタバタ亡くなるのをきいて明日はわが身と思わぬめでたさ。

親しいものが亡くなれば悲しむのが作法だが、ひそかに元気づく悪魔うごめく。

世の中は無闇と休んでばかり。すこしはわれらを見習え（電気・ガス・水道）。

オオカミは一匹のときもっとも強い。群をなすと内輪もめばかり忙しい。

すこしは先が見えるようになったと胸を張った老人、ころんで大怪我。

「どうして講演に水があるの？」「マラソンだって給水があるだろ」

大都会は砂漠のようだと言うけれど、砂漠にはオアシスのうるおいがある。

試験は合格しないといけないが、落ちるものがいないと試験にならない。

「ごちそうさま」が消えていく。ご馳走になって礼状を書かぬのが九割。

きのうのことは忘れてもこどものときのことは覚えている老人たのし。

ためるは易くすてるは難し

ためるは易く、すてるは難し。小さな家はガラクタ、ゴミの山。

荷物をとなりの席に置いて涼しい顔の人、サルのように見える。

本を読みすぎて頭のおかしくなることもあるが読まねば
もっとおかしく。

イヌ、ネコ、クルマ、ヒト。みんな後ろ姿がいただけな
い。見よ立木を、後ろ姿なし。

病気になるたび、日ごろの生き方をふり返る。病気は心の鏡か。

天災あり地災があり、おまけに人災があるから世の中、ほんと大変。

楽しい時は速く流れ、つらい時間はのろい。普通の時間は消えてない。

一足す一がゼロになり、ゼロ足すゼロが二になる人間のおもしろさ。

そのうち、いつか、は決してやってこない、あるのは夕ダこの今のみ。

石の上に三年という、十年すれば苔がはえ、五十年たてばガレキとなる。

ほしいもの、うまいもの、たのしいことの年々減っていく人生の妙味。

古い記憶は百人百様。本当のことを記憶しているものなし。歴史はウソばかり。

飽食暖衣、ぜいたく三昧、したい放題、その行先は地獄の三丁目。

人間、四十になったら自分の顔に責任がある。年をとったら顔が履歴書。

勤め人はカネのために人生をすり減らし仕事がなくなると生き甲斐も失なう。

悪いことのできないものに善いことのできるわけがない。

清濁これ自然なり。

めいめい自分中心に生きている。他人の縄張りに飛び込むには覚悟がいる。

人はみな自分のモノサシでものをはかり、他人のモノサシを認めない。

男は女を同じ人間だと誤解して幸福。本当を知ったらとても生きていかれない。

われを棄ててわれあり。彼をすてて彼は立つ。世をすててこそこの世あり。

悪童ほど心やさしく優等生はつめたくそっけない。それを三十年後に知る元教師。

遠くにあるものはみななつかしく、となりの花はなぜかうっとうしい。

車を運転すると日ごろより一段人格が下がっている。自転車の人二段下がる。

待たされるときは、たのしい空想に遊んでときを忘れわれを忘れるに限る。

となりの枯木をほしがる欲深、自分のところの木が枯れるのに気付かない。

することがなかったら仕事をつくれ。人の世話になるのがいちばんいけない。

生涯現役、おあとが迷惑。さっさと出口を見つけて消えてくれ。

いやな郵便がくると二三日気分がわるい。げに便りのないのはよい便りなり。

働いてこそ人の子、することがなかったら自分でこしらえてこそ一人前。

あいさつもロクにできない半人前が犬にはまっとうな口をきくおかしさ。

休みを喜ぶのはこどもか忙しい人。毎日休みになってみよ、ひどく苦しいから。

めいめい自分の健康法を自慢にするが、病気に倒れるまでの話しである。

マスクをかけて人相のよくなる人、わるくなる人、おしなべて近づきにくい。

万能細胞とやらも結構だが、ひょっとして人間死ねなくなったらどうしよう。

万年筆のインクの色を変えてみて世の中が変わって見え出す不思議。

誕生日を喜んだころが懐かしい。老いてはそんな日のあるのさえ恨めしい。

すべてものごと、近くのものは目に入らない。知らぬは親きょうだいばかりなり。

男の手料理、でき上がったころは食う気がしなくなってセンベイをかじる。

老人閑居、ロクなことなし。忙しいのがいちばんのクスリ、寝るが妙薬。

継続は力なりは移り気人間への戒め。疲れたらちょっとほかのことをするのが知恵。

しっくりいかなかった隣家、遠くへ越してさっぱりすると、なつかしくなる。

生存証明になる老人の年賀状、なかなか途絶えぬ春のめでたさ。

「老子」ならと老人が読み初めに読んでみたが、まるで
チンプンカンプン。

優先席へさっとすべり込む美女の横顔、心なしかゆがん
で見える電車。

病院の待合室にながくいると心が病む。庭に出て緑をながめると元気が出る。

ハコ入り娘は昔のこと、いまはハコ入りこどもがハコの外に触れて悪さをする。

イヌ「人間、なぜ長生きする」ネコ「死に方知らないのかも、犬死を教えたら」

金もちの老人、金の使い道しらず、海外旅行の上客、振り込めサギのカモ。

なにごとも遠くにありて思うべし。アバタもエクボ、禿山は青い山。

朝あかるく夜くらいのが自然のことわり。夜あかるくして遊ぶは背徳。

悪妻は良妻に勝る

家庭があたたかいと男は仕事をしなくなる。よって悪妻は良妻にまさる。

信号無視、平気で横断する老婆あり、それを見てじっと待つ小学生あり。

ポイントにつられて不要なものを買う賢夫人、デフレ脱却にはひと役買っている。

新入生ひとりだけという小学校、先生もこどももさぞ手持ぶさただろう。

ききとして外国へ行く老人の気がしれない。どうせあの世へ行けるのに。

仕事のできる人ほど、あと始末が下手。整理好きな人は仕事がきらい。

とにかく高いところがありがたい。神様も石段の上に鎮座します。

退屈でくさくさしているとき凶悪事件をよろこぶ心の危うさ。

多数決の世の中、悪い奴が過半数を占めたらどうしよう
民主主義。

高等動物はみな己の死期を予知する力をもつ。独り人の
み死んでもわからない。

もともとの医は仁（二）術、長じて算（三）術となり進化して死（四）術となるめでたさ。

赤ねこでもいい、黒ねこだって結構。ねずみをとって自分で生きよ。

いつ死ぬかわからぬのが生き甲斐なのだ。告知するおせっかいはやめてくれ。

思ってかよえば千里が一里。いやなことなら半里が千里がこの世の中。

よき友は遠くにいて、めったに会えぬのがよい。毎日会ってロクなことすくなし。

腹が立ったら、とにかく腹を寝かせて数字をかぞえる。千までいけば気が安まる。

耳が遠くなってきこえるのは悪いことばかり。補聴器つければ雑音だけ倍増。

少年老いやすく、は昔のはなし。いまはいつまでたっても大人になれない。

優先席で化粧をなおす若いひと、いくら磨いてもアラが出るばかり。

乗りものの中、ボトルの水をのむ人、不思議と似た顔をしている。

欲のない人間はいないが、欲深をあらわにするのが多くなって住みにくい。

腰かけて脚を組む人、組まぬ人。若い女性で組むのがふえた不気味。

親のない子がよく育ち、過保護の子が案外失敗する。だからこそ、この世の中は面白い。

働かざるもの食うべからず。土日を休む人、絶食の覚悟があるのか。

月曜はいやな日、カラスは鳴くのをいやがり、こどもは
学校がおもしろくない。

自転車は老人の大敵。乗れば転んで骨を折り、歩けばぶ
つかって怪我をする。

選挙でいい加減なことを叫ぶ候補者、有識権者が賢くなったらどうする。

金持ちほどケチ、カネのないのは泣きごとばかり。黙って働くのが最上。

いちばんなりたいのはサッカー選手と答える少子化社会
のこどもたち哀れ。

バナナはくさりぎわがいちばんうまいが人間の死にぎわ
は犬も食わん。

カネのことばかり考えているくせにカネもうけが下手な人が世を憂う。

競争はよくないことと考える人はたいていノロマ、レジの前は長い列。

不平、泣きごとはきき苦しい。手柄話はアホらしい。賢い人はただ黙黙。

劣等感は人間を丸く美しくする。優等生あがりは冷たく威張る。

ケイタイを位牌のように捧げもち何を夢みるやらん優先
席の若姫。

知識ではコンピューターにかなわぬ人間、忘れることに
活路がある。

おもしろいことのない日がつづいて風邪をひけばこの世
は地獄に似る。

音もなく歩道をつっ走る自転車はクルマより始末がわる
し。もっと音を立てろ。

無給でいい、毎日する仕事がほしいと思っている老人を
見殺しにする福祉社会の愚。

女の子にこずかれている男の子を見てことばもない大人
の男の心のうち。

ミスをした民間人を叱って得意顔の役人のみにくさ。下等人間の標本。

味方三人、敵七人、あとはどうでもいいものばかり、いい人から死んでいく。

十有五にして志を失ない、三十にして目をさまし、六十すぎて走り出すのも人生。

知命にして我を忘れ、七十にして目覚め、八十にしておどり出す亀。

ためたカネ、捨て場がなくてうろうろし、喜捨ということを見つける。

えらくなれば威張りたくなるのが人の常。静かに笑っていれば大物。

朝市の品には高い値はついていないが、本当に安いか首をかしげる客。

早く死にたいと口ぐせにするお年寄りこっそり試す秘薬のきき目。

記憶も新陳代謝して、遠い記憶だけがなつかしい、もののあわれを生む。

年老いたものの心をひと問えば夕日に消えなずむひとひら白い雲。

編集子より蛇足の一筆

世の中に箴言・警句の類いを集めた本はたくさんあるが、ここに珠玉の一冊が加わった。出版にあたり、七百を超える多彩な〝外山寸言集〟からさらに三百を選ぶ栄を担わせていただいた。

叡智の詰まった短い言葉が千言万言を凌ぐことは誰にでも経験のあるところだが、人間心理の機微を言いとめるこの一冊、老いにも若きにも善男善女にも、人生と向きあう処方箋になるだろう。

折々に、気ままに頁を繰れば、活力の素に出会い、ストレスの減ること受け合いである。

本阿弥秀雄

あとがき

なにしろ年をとるのは初めてなので、勝手がわからず、うろうろすることが多い。いちばん困るのはつまらぬことがいちいち気にかかること。おもしろくない思いをおさえていると気が変になりそう。昔の人も思ったことを言わないのは〝はらふくるるわざ〟と書いている。つまり体にもよくないのである。文字にして吹き飛ばしてしまおうと考えた。

加古宗也さんが主宰する「若竹」にのせてもらうことにして、二行の短文の連載をはじめた。それがそろそろ終りに近づいたとき、本阿弥書店の本阿弥秀雄さんが本にしようと言われた。

それだけではなく、句の取捨、編集もしてやろうと言われる。歌人の社長みずから手がけていただき、夢のような喜びである。

加古宗也さん、本阿弥秀雄さん、おふたりのご好意がなければ、もちろんこの本はなかった。ふかく感謝している。

二〇一四年一月十四日　　外山滋比古

著者略歴

外山滋比古（とやま・しげひこ）

1923年、愛知県に生まれる。英文学者、評論家、エッセイスト。お茶の水女子大学名誉教授、文学博士。専門の英文学をはじめ、言語論、教育論など広範囲にわたり独創的な仕事を続ける。
著書にはミリオンセラーとなった『思考の整理学』（ちくま文庫）をはじめ、『「人生二毛作」のすすめ』（飛鳥新社）、『失敗の効用』（みすず書房）、『日本語の作法』（新潮文庫）、『外山滋比古著作集』（全８巻、みすず書房）などがある。

寸《すん》言《げん》力《りょく》

2014年２月28日　第１刷

著　者　外山滋比古

発行者　本阿弥秀雄

発行所　本阿弥《ほんあみ》書店

東京都千代田区猿楽町２-１-８　三恵ビル　〒101－0064
電話　03－3294－7068（代）　振替　00100－5－164430

印刷・製本　日本ハイコム株式会社
定価はカバーに表示してあります。

ISBN978-4-7768-1072-8　C0095　Printed in Japan